# HOTEL BROTHERS
# FRATELLO

## Rosa Ferro

¡Éste es un hotel elegante!

El servicio de habitación tiene un número

que no figura en la guía telefónica.


Henny Youngman
Comediante

# Hotel Brothers Fratello

Todo estaba casi listo. Sólo faltaban los últimos detalles para recibir a los invitados de la gran fiesta que se estaba preparando en el gran salón principal del Hotel Brothers Fratello. El hotel fue fundado hace más de 150 años, para ser más exactos unos 200, por los hermanos Giacomo y Callahan Fratello. Dos gemelos galeses de ascendencia italo-irlandesa que decidieron montar su primer negocio en la ciudad de Nueva York.

En aquellos días el hotel era más parecido a un hostal, uno discreto y a la vez muy distinguido para gente con mucho dinero. Algo así como un muy exclusivo lugar de paso, más bien un lujoso albergue para gente solo perteneciente a la élite social. Hoy día, sin embargo, Brothers Fratello ofrece las comodidades más exquisitas y los mejores y más costosos lujos.

Todo en el hotel va destinado a satisfacer los sentidos del huésped más caprichoso y snob. Así lo indicaban, antes del cambio en la dirección, su situación en una de las calles más comerciales, su decoración clásica, obra del mejor decorador de la ciudad, los servicios que el hotel ofrece,...

Incluso la formación  y la forma de selección del personal que trabaja en el hotel denota ese glamour que los fundadores del hotel quisieron dejar patente como sello propio del establecimiento. Sólo los mejores pueden tener una oportunidad de trabajar en uno de los mejores hoteles de Nueva York.

Con eso lograron lo que tanto habían buscado desde que el Hotel Brothers Fratello abrió sus puertas por primera vez a todos los ricachones que necesitaran alojamiento en la ciudad: Una seña de identidad y una firma propia, en una época que, según los hermanos Fratello, era "monótona y aburrida hasta el  punto del sopor". Palabras de los propios gemelos fundadores del hotel Brothers Fratello, no mías.

# Los Invitados

No hay duda que cada rincón del hotel habla del buen gusto de los fundadores del hotel, de su procedencia, de quienes eran y de lo que querían hacer cuando iniciaron la andadura del Hotel Brothers Fratello. Y esta fiesta se estaba preparando para celebrar ese evento. El doscientos aniversario del Hotel Brothers Fratello.

Por esa misma razón, por lo especial del motivo de la celebración, a la misma sólo estaban invitadas unas pocas personalidades muy selectas. Lo mejor y más granado de la más alta sociedad neoyorquina. Lo mejor de lo mejor…como siempre.

A mí me da lo mismo todo esto pero como soy la chef-jefe de este hotel…no me queda más remedio que hacer mi trabajo. Aunque, lo debo admitir y lo admito, si por mi fuera ahora mismo estaría en mi casa ante un vol de palomitas, con una manta para protegerme del frío que hace en esta ciudad...incluso en un día de primavera como hoy, y me quedaría sentada en el cómodo sofá de mi casa viendo un maratón de peliculas cómicas, pero, en fin...trabajo es trabajo que decía mi padre.

Mi familia lleva alrededor de doscientos años cocinando en estas cocinas, practicamente desde que el hotel, en aquellos días albergue de lujo, abrió sus puertas por primera vez y sé, por lo que mis antecesores me han comentado desde que era muy joven, que a los "insignes hermanos Fratello" todo esto de la fiesta para el doscientos aniversario de su negocio les habría dado absolutamente igual.

Asimismo también sé, porque me consta, que a sus herederos sólo les interesa quedar bien con toda esa "chusma venida a más", palabras textuales usadas por algunos miembros de mi familia  que han trabajado en el Brothers Fratello, por el bien del hotel. En realidad sólo son los herederos de Giacomo. Su hermano Callahan era un tanto libertino y nunca quiso tener hijos, al menos legítimos, es decir nacidos durante el matrimonio, que se sepa .

Por fortuna la madre Naturaleza es sabía y, se dice, el tipo nunca los tuvo, porque de haberlos tenido habrían sido ilegítimos. Cosa que habría bastado para que el hermano le cortara los huevos como poco. Por lo que se cuenta el tipo era alégico a eso que la mayoría llama "compromiso" pero él llamaba "la muerte de su libertad".

Todo el mundo sabe que hijos nacidos y educados en Gales pero de madre italiana y padre irlandes es igual a "si tienes hijos sin casarte con la madre de estos, te corto el cuello y te saco el hígado ¿capicci?".  Pero en fin. Trabajo es trabajo, como dije antes, y aquí tenemos mucho. Puede que demasiado si tenemos en cuenta el pequeño número de invitados a este evento.

Hablando de los invitados a esta gran macro - fiesta exclusiva estamos hablando de:

+El polémico empresario teatral Ignasi V.,

+Los condes Noelle y Laureen  de Exeter,

+La princesa franco-húngara Erzebet de Valois,

+La diseñadora de moda Lucille Picadilly,

+La marquesa viuda de Cisneros y Villegas, y

+El empresario ruso de origen arabe Rashid Petrof junto con su esposa la ex-modelo polaca Ivanka,

+El triatleta Ruben Luperiano y su prometida la actriz portorriqueña Shuhaimina Lopez y

+Marcela Piccarinni,la matriarca de la "Famiglia".

A ellos hay que sumarles a personajes, quizas algo menos "especiales", pero igual de influyentes...más o menos Me refiero a:

+Raffaello Christophano Montigliano, un colega mio apodado "L'Inferno" por su forma de concebir la cocina mexicana...y la cocina en general, para ser honestos.

+La periodista y critica literaria portuguesa Isabellina Contrixao da Sousa y su hermano el vidente Sandro.

# El Descuelgue

Esos eran, supuestamente, todos los invitados, o al menos algunos de ellos, a esta fiesta pero, cómo no y como siempre, hay algun invitado que, a ultima hora, y cuando ya todo esta preparado avisa de su posible "no-asistencia"  y en esta ocasion se trata de la marquesa viuda de Cisneros.  La señora mando decir, palabras más palabras menos,y a traves de su secretario personal, que no podria asistir debido a sus múltiples y muy variados compromisos .

En mi humilde opinión la señora marquesa viuda de Cisneros les dió plantón a los herederos y dueños actuales del "Hotel Brothers Fratello" porque, debido a rencillas entre familias, a la buena mujer "se la bufan" la fiesta por el 200 aniversario, los herederos de la "honorable gran familia Fratello", el hotel,... y hasta la madre de todos y cada uno de los empleados de este hotel ya puestos.

El caso es que ella no va a asistir porque no le da la gana venir. Por eso, y tambien para disimular el poco aprecio que les tiene a mis jefes, ha puesto esa excusa. Una forma de decirles a los herederos Fratello: "Vuestra fiesta me importa tres rábanos y medio, pero como soy una dama no os lo digo a la cara para no haceros daño a vosotros, ni quedar mal yo".

Su actitud no hace otra cosa más que hacer que me pregunte "¿Que le sucede a la marquesa de Cisneros?¿En serio el asunto de la fiesta "se la bufa" o está tratando de ocultar algo más?"

# LA FIESTA

Regresando al tema de la fiesta debo admitir que mis compañeros han hecho un muy buen trabajo en el salón principal del gran comedor. Decoración clasica, adornos artesanales basados en la historia del hotel, mejor dicho, la historia familiar de los fundadores, manteles claros, servilletas bordadas con "B.F.H.", las siglas del hotel, la mejor cubertería, la cristalería más fina...

Sin lugar a dudas mi amiga Clarisse se esmeró a fondo en su trabajo de decoración. Siempre lo hace porque, igual que yo, ama su trabajo.  No se lo digais. pero Clarisse es una genio haciendo grandes cosas incluso contando con pocas cosas muy pequeñas.

Como iba diciendo en un principio ya todo estaba preparado para celebrar el 200 cumpleaños de este hotel. Solo faltaba concretar los últimos detalles y recibir a los invitados. Y por últimos detalles me refiero a que aún no llegan los músicos. Pero, hablando de los músicos que van a actuar en este evento, pasa algo muy curioso...o puede que no si tenemos en cuenta quien está involucrado en el asunto.

El asunto es el siguiente: Nuestros relacionistas públicos y especialistas en organizar esta clase de macro-eventos Barbara y Franchino, los Romeo y Julieta de este hotel debido a políticas del hotel, querían contratar a una banda de música celta. Algo muy acorde con la temática de la fiesta.

Pero...resulta que Giacomo Eliseo Cuarto, uno de los sucesores de Giacomo Fratello, el hermano Fratello que si tuvo hijos, tiene ciertos "roces", por decirlo de alguna manera suave, con algunos de los mejores músicos de folk celta de esta inmensa ciudad.

Por esa razón no existe ni una sola banda de ese tipo de música, ni de ningún otro tipo si tengo que ser honesta, que quiera venir a tocar al Hotel Brothers Fratello. En palabras de algunos "tocarán en el Brothers Fratello cuando el infierno se congele y Lucifer se haya vuelto sordo total".

En fin. Barbara y Franchino han logrado, de una forma espectacularmente milagrosa, que venga a tocar una muy buena banda de jazz...bajo el compromiso de que Giacomo Eliseo Cuarto NO asista a la fiesta bajo ningún concepto.

Al parecer el tipo tiene "roces" con todos o casi todos los músicos de Nueva York. Encantador¿cierto?. Por lo visto y por lo que todo parece indicar se parece mucho a

Callahan, el hermano gemelo de su tatarabuelo
Giacomo.

# La Llegada De Los Invitados

Ya están llegando los invitados a esta fiesta. Presiento
que todo va a salir perfecto. Es como un palpito, una
corazonada de que las cosas van a salir mejor que bien.
Y yo nunca me equivoco cuando se trata de estas cosas.

Mi madre, desde donde quiera que esté se sentirá feliz.
Lo sé. Ella era la que más me animaba a seguir mis
instintos y corazonadas. Igual que cuando tenía cuatro
años y me estaba enseñando a cocinar.

-"Tienes el don de la familia Mastronzo, Lucrecia."-me
decía siempre- "Llegarás muy alto y muy lejos, mi vida.
Nunca permitas que nadie te haga dudar del "don
Mastronzo"".

Como si se hubiesen confabulado con mis
pensamientos, el orden de llegada de los invitados está
siendo según los mencioné antes. Es decir, obviando la
evidente ausencia de la  marquesa viuda de
Cisneros,este orden fue:

El primero en llegar fue  el empresario teatral Ignasi V.
quien venia acompañado por su esposa la diseñadora de
modas y actriz de origen guatemalteco Paula Ferrara, a
estos le siguieron los condes Noelle y Laureen de Exeter
junto con  la princesa franco-húngara Erzebet de Valois.,

sólo segundos antes de la llegada de  la diseñadora de moda Lucille Picadilly.

En tercer lugar llegaron la diseñadora de moda Lucille Picadilly, el empresario ruso de origen árabe Rashid Petrof y su esposa la ex-modelo Ivanka quienes no parecian muy felices puesto que los acompañaba, mi colega Raffaello Montigliano.

Lo siento por ellos...y no los culpo de ninguna manera por la actitud  tan hosca que están  mostrando Rashid e Ivanka para con Rafaello . Todo el mundo en Nueva York conoce el carácter "extravagante" y "con caracter" de L'Inferno.

En pocas palabras, el tipo es peor que una diva con muy mal genio.¡Si lo sabré yo que, muy a mi pesar, me las he visto y deseado varias veces con él durante el transcurso de los años!

Los próximos en llegar en grupo fueron la periodista y crítica literaria portuguesa Isabellina Contrixao da Sousa acompañada de su hermano Sandro, el triatleta Rubén Luperiano y su prometida la actriz colombiana Shuhaimina López. Por ultimo, pero aparentemente sola, supongo que para darse cierta importancia, llegó Marcela Piccarinni. Pero... no sé, porque con "la mamma" nunca se sabe.

¡Ah!¡Ahí están ellos! "La Famiglia" nunca sale de su villa en la Toscana sin hombres de seguridad armados hasta los dientes. Sobre todo cuando quien  sale de la villa es la matriarca. Cruzo los dedos desde donde estoy. Espero que sus servicios no sean necesarios está noche.

# La Caída De L´Inferno

¿Recordáis cuando dije que tenía un buen presentimiento acerca de que todo iba a salir bien? Olvidadlo. Me equivoqué de pleno. Apenas estaba ultimando los detalles de los postres que se van a servir cuando me asaltó un muy mal pálpito.

Un cocinero de mi equipo acaba de decirme que ha visto entrar en la cocina a "L'Inferno", algo que ha puesto de los nervios a todo mi equipo. Por suerte apenas ha estado aquí unos minutos. Y, pese a que, a Dios gracias, ya se ha ido, no dejo de preguntarme cualquier es la razón de su presencia en MI territorio.

Es que no lo tolero. Y no tiene nada que ver con lo que me hizo en aquel concurso de jóvenes cocineros. Eso pasó hace varios años. Pero, conociendo la forma de ser de Raffaello, sospecho que nada bueno. Ahora un camarero me ha venido a decir que mi "colega" ha caído como dormido encima de su plato de pato en salsa verde, el segundo plato del menú de esta fiesta, y que no despierta.

-Llama al médico del hotel-le digo un tanto alterada por la situación actual - ¡rapido! - grito al ver la inacción del camarero.

Está bien, el chico es muy joven y apenas entiende nada de lo que está pasando, pero la situación no invita a ser amables, invita a actuar con rapidez. El camarero se va para dar aviso al servicio médico del hotel. Voy hacia el gran comedor para ver qué está pasando. Llego al lugar junto con el médico y otros miembros del personal del hotel. El médico dice que "L'Inferno" ha muerto. No me lo puedo creer. No lamento su muerte, por razones más que obvias, pero tampoco la celebro.

Ese hombre, a lo largo de los años, ha pisado muchas cabezas, puede que demasiadas, durante su ascenso en su carrera culinaria, ha lastimado a mucha gente con el único fin de convertirse en un gran chef y, lamentablemente, se ha ganado muchos enemigos…a los que él nunca tomó en serio.

Para mí resulta mucho más que evidente que uno de esos enemigos que "L´Inferno" se ganó con el transcurso del tiempo lo ha encontrado y se ha tomado el tiempo preciso para cumplir con su venganza. Porque eso es para mí la razón de la muerte de mi colega. Una venganza de alguien a quien Raffaello humilló, pisoteó o destruyó.

## Llega La Policia

La policia acaba de llegar y están rodeando el cuerpo de mi colega. Según escuché de un tipo que parecía ser el forense o algo parecido, las primeras pruebas indican que la causa de la muerte de "L´Inferno" fue el envenenamiento.

¿Envenenado?¿Es enserio? Apenas acababamos de servir el segundo plato del menú de la fiesta, preparandonos para comenzar a servir los postres, y la policia dice que alguien envenenó el plato de pato en salsa verde que se iba a servir a la diva malgeniada. ¡Manda cojones!

Por supuesto las ordenes de la policia son simples: Nadie entra y nadie sale del hotel hasta que se descubra al asesino de Raffaello Montigliano. Perfecto, simplemente perfecto. Por favor notese el sarcasmo en mis palabras.

Quiero decir, el tipo tiene... bueno tenía... gracias a sus triquiñuelas, sus trampas y cuchillos clavados por la espalda:

+unos tres restaurantes italianos de cocina supuestamente "casera", cosa que tanto los chefs italianos como los especializados en cocina italiana ponen en duda,

+cinco restaurantes mexicanos bastante criticados con argumentos de peso por los chefs especializados en cocina mexicana y, según entendí, estaba en negociaciones para abrir un restaurante en el que siempre se llevasen a cabo retos de tipo culinario.

Ya sabeis, ¿como en ese programa de la televisión donde un tipo de Estados Unidos recorre los restaurantes de todo el país buscando retos del tipo "las alitas de pollo frito más picantes" en el que los comensales deben comerse unas dos bandejas de alitas de pollo super picantes en un tiempo de máximo de una hora sin tomar nada para beber durante el reto?

Pues algo parecido pensaba hacer "L´Inferno" en ese restaurante...pero quien sea que haya matado a Raffaello ha decidido que debe morir en el "Brothers Fratello", que es el hotel en el que yo trabajo.


Ahora la policia dice que nadie se mueve del hotel porque tiene que investigar, y es normal,pero ¡joder! Eso no me dice si debo apagar las cocinas, que sería lo más lógico de hacer, si debo acabar los postres y servir para comenzar a limpiar las cocinas junto con el resto de mi equipo…

Y ahora han pedido una sala para comenzar a hacer entrevistas, más bien interrogatorios, para intentar descubrir al responsable de la muerte de mi colega. Así que, aquí estoy, dos horas despues de saber que la diva malgeniada murio por envenenamiento en la sala de conferencias del hotel frente a dos policias con mucho carácter y poca paciencia.

# La Investigación

Como iba diciendo, aquí me encuentro frente a dos policias. Uno de ellos parece querer golpear algo o a alguien, mientras que el otro parece que se va a poner a llorar en cualquier momento a tal punto que uno no puede evitar preguntarse "¿Que pedos hace este aquí si parece no tener estómago para algo tan simple como hacer unas simples preguntas?". El primero dice llamarse agente Thomson y el segundo agente Rodriguez.

-Señorita, ha llegado a nosotros cierta información – dice el agente Rodriguez .

-¿Cual sería esa informacion señor agente? - contesto de forma amable.

-No se haga la idiota, joven. Aquí las preguntas las hacemos mi compañero y yo – me replica el agente Thomson con enojo en la voz, como si fuese culpa mía que algún desalmado haya decidido que Raffaello Montigliano debe morir esta noche durante la cena.

-Según nuestras informaciones usted ha tenido ciertos altercados con el occiso¿no es así, joven? - pregunta el agente Rodriguez

-El primero fue durante un concurso de cocina¿cierto ? - pregunta de vuelta el  agente Thomson.

-Es cierto, agente.

-Expliquenos ese altercado – ruge el agente Thomson.

Por supuesto no tengo ningún problema en explicarles cómo fue que "L´Inferno" logró que me expulsaran de un concurso de cocina en el que ambos participabamos.

- La cosa es bastante simple de explicar. Ambos participabamos en un concurso de cocina. El premio para el ganador era una gran cantidad de dinero, clases de cocina en la mejor escuela culinaria del país y la posibilidad de abrir su propo restaurante. Ambos estabamos bastante igualados, debo decir.

El caso es que ambos nos enfrentabamos a una prueba decisiva en la que nos jugabamos nuestra permanencia en el programa y el pase a la fase de semifinales. La prueba consistía en cocinar un plato de cocina mexicana que iba a ser evaluado por un jurado de comensales compuesto por los más feroces críticos gastronómicos de la ciudad.

-Entiendo – dijo el agente Rodriguez en plan comprensivo – mucha presión en un momento muy delicado.

-No se puede usted imaginar cuanta presión. No sé a ciencia cierta que plato estaba preparando Raffaello, pero yo estaba preparando un plato que he cocinado multitud de ocasiones en fiestas familiares...siempre con un gran éxito. - suspiro - El caso es que no sé como lo hizo, pero el muy...cambió uno de mis ingredientes por otro que no se usa nunca en la cocina mexicana, calibró el horno de mi cocina de forma que todo quedase o muuy quemado, o sin hacer, dependiendo del tiempo y la temperatura que le pusieras al momento de usar el horno y le contó a los jueces algo jodidamente negativo, una mentira, sobre mí. Resultado: A mí me expulsaron del programa y él se quedó con mi puesto.

-Y eso hizo que usted se enojara mucho – intentó adivinar el agente Thomson.

-Puede, pero le aseguro que no tanto como para querer matarlo, al menos no en el que es mi lugar de trabajo – le aseguré a los policias.

- Entonces, usted asegura que no tiene razones para querer matar al tipo que la traicionó de esa manera en un programa de máxima audiencia.

-¿Porqué iba a querer matar a ese fétido gusano salido de sólo Dios sabe que cloaca?. Si siguen investigando, y hacen bien su trabajo, descubrirán que soy chef – jefe del "Brothers Fratello" a medio tiempo. - suspiro y prosigo mi explicación - Ser explusada de aquel concurso de cocina me arrebató una buena oportunidad de seguir adelante.

Cierto. Pero como mis padres solían decir "Dios abre puertas cuando cierra ventanas". Y es verdad. - continué con toda la calma que pude reunir, que, en ese momento,  no era mucha por la situación que estabamos viviendo - La formación la encontré por mi cuenta en otra escuela de cocina que era igual de buena o mejor que la que formaba parte del premio de ese concurso. - dije con desprecio -, el dinero lo gané de forma honorable trabajando por mi cuenta como chef "freelance" y en cuanto al restaurante...bueno – saco una tarjeta del bolsillo de mi delantal – esta es la dirección de mi restaurante.

¿Han oido hablar de los restaurantes clandestinos?- pregunto y al ver que los agentes hacen gestos de negacion sigo hablando -  Se tratan de restaurantes a los que sólo se puede acceder con invitación, por su reducido numero de mensales, y que pueden, y de hecho suelen  estar, ubicados en cualquier lugar ocultos bajo otra apariencia. - sonrío -  En mi caso, el mío aparenta ser una casa normal y corriente sin grandes ornamentos ostentosos ni grandes señales que la distinga de las demás.

Y no se preocupen. - digo con cierto sarcasmo -  Todo es legal y está en regla. Pásense cuando gusten. - ofrezco a los agentes - Yo personalmente cocinaré para ustedes el menú especial de la carta. Si han entrado en alguno de los restaurantes de "L´Inferno" notarán una ligera, pero grata, diferencia en nuestras formas de cocinar.

- Muy bien – dijo el segundo policia mientras el primero tomaba mi tarjeta

# El Fin De Ignasi

Cuando apenas estabamos acabando con la cantidad de preguntas que me estaban hacieno, un agente raso entró en la habitación. E polémico empresario teatral Ignasi V. acababa de morir y que su esposa Paula se encontraba a punto de seguir el mismo camino de Ignasi.

Los policias que me estaban interrogando me miraron fijamente.

-¿Qué? - dije – no pensarán que este muertito es mio.

-¿Lo es, señorita? - me pregunto el primer agente, el que parecía querer golpear a alguien.

- En realidad, no. Siempre amé el teatro, pero sólo fui a un espectaculo de los que él producía, pero yo era muy niña y de eso hace mucho tiempo. Lo único que puedo recordar de aquella ocasión -dije entre risas -  es las muchas obscenidades que mi padre, amante a muerte de las artes escénicas y dramaturgo aficionado, dijo en contra del empresario teatral Ignasi V. y del destrozo que hizo con "El Miserere", una de las leyendas de Gustavo Adolfo Becquer, el poeta español favorito de mi padre.

- ¿En serio? - preguntó el segundo policia, el que parece que se va a poner a llorar en cualquier momento.

- En serio. Y debería haber visto a mi buen padre cuando escuchó que Ignasi iba a producir "La Conjuración De Venecia" de Francisco Martinez De La Rosa.

- Dejeme adivinar. - dijo el segundo agente – La noticia no le agradó.

- Para nada. - contesto serena – Tenga en cuenta que, entre otros, ese dramaturgo, Francisco Martinez De La Rosa, era uno de los favoritos de mi padre...y su ejemplo a seguir en cuanto  a la dramaturgia se refiere. - suspiro de forma melancólica - Así que ya puede imaginarse.

Si con "El Miserere" mi padre dijo bastantes obscenidades, con "La Conjura de Venecia" mi madre decidió que, durante ese mes que mi padre estuvo despotricando en contra de Ignasi, ella y yo debíamos tener un tiempo de calidad, con toda la familia, en casa de mi abuela Julia,en el pueblo.

-Pero aparte de esas experiencias… - dijo uno de los policias.

-Nada. El resto de lo que sé acerca de ese caballero lo sé por los peridicos. Usted sabe, críticas teatrales bastante malas de un espectáculo bastante controvertido,... productores y compañias teatrales que se niegan en redondo a trabajar con un empresario al que todos, o casi todos califican como "rompe-libretos"…

- ¿Perdón?¿"Rompe-libretos"?¿Que significa eso?- quiso saber el agente Thomson aún con pinta de querer golpear a alguien

- "Rompe-libretos" significa "irrespetuoso". Es un  termino que se suele aplicar en teatro a aquellos productores, empresarios, directores de escena...que, cuando están en medio de los ensayos de una obra, actuan de forma impulsiva introduciendo cambios bruscos que nunca guardan relación con la historia. - intento explicar - En cierto sentido lo que hacen es destruir, literalmente romper, el libreto que es donde está escrito el texto de la obra.

Es como si usted tomara un libro cualquiera y, en lugar de leerlo, coge unas tijeras y convierte ese libro en puros pedazos de papel de distintos tamaños. De ahí el termino. En teatro lo usan de un modo bastante simbólico.

- Entiendo. - me dice el agente Rodriguez - Lo que usted está tratando de decir es que Ignasi V. era un empresario teatral problemático, además de polémico ¿cierto?

- Eso es lo que, basicamente, dicen las criticas y artículos que he leido de él, sí.

- ¿Y lo del significado de "rompe-libretos"? - sigue preguntandome el mismo policia.

- Eso es facil de explicar. – digo con una sonrisa – De mi santa madre heredé el amor por la cocina y mi profesión de chef, pero de mi buen padre heredé el amor por el teatro hasta el punto de que a mí tambien me gusta, de vez en cuando, escribir pequeñas piezas teatrales..que luego se suelen representar en el centro social de la comunidad en la que vivo.

## El Final De Los Condes De Exeter

Cuando estaba acabando de contarles todo esto, un policia, el mismo de antes, llegó para avisar del fallecimiento de la esposa de Ignasi, por envenenamiento, según el juicio del médico del hotel y del forense de la policia.

Obviamente eso me llevó una hora de interrogatorio más en el que tuve que explicarles con pelos y señales que no conocía de nada a Paula Ferrara, que nunca había visto a  la diseñadora de modas y actriz de origen guatemalteco hasta esa noche en la que tuve que salir a recibir a los invitados.

Apenas estabamos saliendo cuando ví algo que me dejó algo impactada. Los condes  Noelle y Laureen de Exeter estaban sufriendo grandes dolores físicos y se quejaban de no poder respirar, que sentian como si se estuvieran ahogando. Tambien decían que el pecho les estaba quemando.

Eso lo único que hizo fue hacerme ganar unas miradas de sospecha por parte de los policias. Eso significaba sólo una cosa: Por alguna extraña razón, ese par de agentes tiene la ligera impresión de que tengo motivos para querer envenenar a algunos invitados a esta fiesta en la que, supiestamente, se está celebrando el doscientos aniversario del hotel.

Un error lógico si no fuera por un detalle, sutil y puede que insignificante. Ni conocía a los condes de Exeter más que por lo que se dice de ellos en los periodicos (grandes inversiones, negocios por todo el mundo,...) y esta noche es la primera vez que los he visto, puesto que, al parecer, los condes odian salir en las fotos, por lo que no existen muchos registros fotográficos de alguno de ellos.

El envenenamiento de los condes de Exeter me tiene algo, por no decir bastante, confundida. Si, ellos tambien habían sido envenenados. Pero no es eso a lo que me refiero.Quiero decir, por lo que dicen en los periodicos, ambos dedican su tiempo libre a hacer obras de caridad.

Me imagino que eso, combinado con su éxito empresarial y la gran fortuna de la que son dueños y que les permite llevar un estilo de vida bastante holgado, debe ser causa de ganarse muchos enemigos. Ya se sabe lo que suele decirse con estas cosas: "Nadie llega a la cima sin pisar algunos callos."

## <u>Dos Golondrinas Alzan El Vuelo</u>

Los condes de Exeter fallecieron en cuestión de minutos. El dictamen del médico fue el mismo que en los casos anteriores. Lamentablemente parece ser que la noche aún no acaba. Mi equipo está comenzando a ser interrogado, espero que con un poco más de sutileza y un poco menos de brusquedad por parte de los agentes de policia que investigan el caso, mientras voy a las cocinas a dar por terminada la jornada de una forma tan prematura como triste apagando los fogones y limpiando la cocina. Se me hace lo más lógico y sensato en un caso como este

Casi termino de limpiar cuando un miembro de mi equipo que ya había sido interrogado entró corriendo buscandome para decirme que la princesa franco-húngara Erzebet de Valois había fallecido, sólo segundos antes que  la diseñadora de moda Lucille Picadilly. Según el dictamen del médico y del forense, ambas tambien fueron envenenadas.

Esto se está poniendo super raro. Más raro que un perro verde en una pelicula de la época de Buster Keaton, ya sabeis, cuando las peliculas eran en blanco y negro. ¿Pero esto?¿Una princesa franco-hungara y una diseñadora de modas envenenadas?

¿Que demonios está pasando esta noche en el gran comedor de "Hotel Brothers Fratello"? A estas dos damas tampoco las conocía. De hecho, ni tan siquiera sabía quienes eran hasta esta noche.

Por favor, decidme que esta bendita noche no hay reunion de asesinos en la ciudad y que los objetivos de todos ellos están reunidos en el gran comedor de este bendito hotel. Tal vez estoy en medio de una pesadilla, una bastante mala debo añadir, y pronto voy a despertar. Eso es... si, tiene que ser eso. Estoy en una pesadilla y pronto voy a despertar.

# El Adios De Dos Almas Gemelas

No, no estoy en medio de una pesadilla. Justo en este momento acaban de fallecer el empresario ruso de origen arabe Rashid Petrof y su esposa la ex-modelo polaca Ivanka. Ellos tambien se quejaban de lo mismo: Falta de respiración, sofoco, sensacion de ahogo, ardor en el pecho, grande dolores físicos…

¿El dictamen del médico del hotel y del forense de la policia?¿No lo adivinais?Sí. Envenenamiento. Pero..¿Hay alguien que pueda decirme quien querría matar a estos dos, si nunca han hecho nada malo a nadie?

OK, el empresario tiene una forma de ver los negocios un poco especial que va en contra de los ideales que su gobierno, el gobierno ruso, propugna y permite entre las fronteras de ese país, y por ese lado, es posible que Rashid  pueda tener algunos enemigos en su país de origen pero fuera de la madre Rusia no. Al menos no creo.

De hecho y hasta donde tengo entendido por cosas que se escuchan aquí y allá, tiene muchos aliados y apoyos entre los rusos que viven en otros paises del mundo, casi todos ex-patriados debido a sus ideas políticas contrarias al gobierno ruso.

Pero...¿en serio pueden ser capaces de llegar hasta el punto de querer asesinar a la esposa del empresario?

Esa mujer no ha hecho otra cosa más que dedicarse a "Belleza Y Glamour", su academia de actuacion y modelaje aquí en la gran manzana y en la que estudian jovenes de muchas partes del mundo, algunos como modo de salir de un ambiente de pobreza extrema y violencia diaria. Como que esto está medio raro.

Tantas muertes seguidas, en un mismo lugar y todas por el mismo medio...Para mí que hay un patrón aquí. Alguien conocía a todas estas personas y envenenó la cena, no sé como, para asesinar a todas estas personas.

## El Fin De Los Hermanos Contrixao

¿No te digo yo? Ahora mismo están retorciendose de dolor la periodista y critica literaria portuguesa Isabellina Contrixao da Sousa y su hermano el vidente Sandro. No sólo se están retorciendo. Tambien se quejan de lo mismo de lo que se quejaban los otros: Sensación de ahogo, quemazon en el pecho...

Estos no  fueron nunca de esas personas que hacían daño a los demás. Bueno, al menos no en el aspecto personal, porque en el profesional, ella era muy dura en sus críticas literarias. Supongo que saber que sólo la enviaban a cubrir noticias culturales relacionadas con el mundo de las letras la tenía un poco ¿Cómo es la palabra?¡Ya recordé! "Amargada".

Por lo que leí tanto en entrevistas como en sus artículos literarios, al menos los que se publican en periodicos de tirada nacional, Isabellina quería dedicarse a otras noticias. Algo relacionado con el mundo de la prensa "rosa".

En cuanto a su hermano...escuché decir que sus compañeros de profesión lo tenían por un "farsante", que Sandro Contrixao no era vidente, y que no sabían de donde sacó su formación en Parapsicología Y Ciencias Ocultas.

Evidente estamos ante un caso que es más de lo mismo, aunque la policia esté dedicando su tiempo a interrogar, al parecer de forma despiadada a los miembros de mi personal.

¿Estamos ante una reunión de asesinos a sueldo que han coincido en esre hotel porque las victimas de todos ellos está congregadas en el gran comedor del "Brothers Fratello"?De ser así ¿Porqué todas las victimas están muriendo envenenadas? O, en caso contrario...¿Es una sola persona la responsable de todas estas muertes?Entonces...¿Quien conoce a todas estas personas lo bastante para tener algo contra ellas?

# Otras Dos Almas Gemelas Se Van

Mientras me hago todas estas preguntas otras dos almas gemelas acaban de reunirse con el Creador frente a las mismas narices de los agentes que siguen interrogando a los miembros, no sólo de mi personal, que es el de cocinas, sino tambien a los demas, Clarisse, nuestra mejor decoradora, Bernadette, la recepcionista del turno de noche y hermana pequeña de Clarisse, Barbara y Franchino, nuestros relacionistas públicos y especialistas en organizar esta clase de macro-eventos,...Esas almas gemelas son : El triatleta Ruben Luperiano y su prometida la actriz portorriqueña Shuhaimina Lopez.

De nuevo me hago las mismas preguntas. ¿Quien querria hacer desaparecer a dos personas que llevan juntas toda su vida?¿Hay alguna especie de convención de asesinos en la ciudad o hablamos de una única persona?

Esto se está volviendo cada vez más escabroso por momentos. El triatleta había dedicado su vida al deporte y sus muchos exitos avalan que tuvo una carrera deportiva muy productiva. Su prometida participó en muchas obras de teatro, varias veces como protagonista principal, tuvo buenos papeles en películas de cine de autor, y obtuvo algunas apariciones en alguna que otra serie de televisión.

Aparte de eso, nada. ¿Es que acaso tener éxito y triunfar en lo que haces es motivo suficiente para lograr que te maten? Llamadme ingenua pero...¿En qué paises pasa eso y nadie dice nada al respecto?

## Que Dios Nos Salve

Que Dios nos salve, porque se va aliar una bien gorda. Marcela Piccarinni, la matriarca de la "Famiglia" está siendo atendida por el médico del hotel con los mismos sintomas de los que se aquejaban los ahora fallecidos.

¿Recordais cuando dije que"La Famiglia" nunca sale de su villa en la Toscana sin hombres de seguridad armados hasta los dientes, sobre todo cuando quien sale de la villa es la matriarca? ¿Recordais cuando dije que esperaba que sus servicios no fueran necesarios? Esperanzas vanas.

Justo ahora el jefe de seguridad de "La Famiglia" está llamando a la famiglia...a toda la famiglia, y por lo que pude escuchar la persona del otro lado estaba muuuuuy enfadada.

Y no es para menos, se suponía que venían a una cena de gala para proteger a "la mamma" no para estarse quietos mientras ven como su patrona fallece. Siguiendo la conversación que el jefe de seguridad de los Piccarinni estaba teniendo con sus patrones, estos últimos les estaban diciendo que estaban enviando al médico de la familia para atender a "la mamma", que no perdiesen de vista a nadie, porque si ella seguía el camino de los demás invitados, si ella llegaba a correr con el mismo destino que los otros el responsable acabaría deseando no haber nacido.

Y sé que esas no son palabras vanas como las que suelen decir los miembros del comité de dirección del Brothers Fratello. "La Famiglia" es conocida por ser gente de acción y de cumplir todo lo que dicen, tanto las promesas como las amenazas. Lo sé porque lo ví cuando tuve una breve relación romántica con Braulio, uno de los nietos o sobrinos-nietos de Marcela Piccarinni.

Era un buen hombre, aún lo es, pero Braulio deseaba dedicarse a lo mismo que yo y como su pareja en ese entonces, lo apoyé e intenté enseñarle lo que sabía. El problema vino cuando Marcela Piccarinni lo descubrió.

Sólo basta decir que la mujer llegó a pensar que estaba transformando a su nieto en una especie de...no sé en que pensaba la señora Marcela que estaba convirtiendo a Braulio, pero intenté explicarle que su sobrino-nieto no dejaría de ser menos hombre, ni traicionaría a la familia por utilizar el talento que Dios le dió para seguir su sueño de ser chef y abrir su propio restaurante.

Sobra explicar que sólo se calmó cuando le hablé de "L´Inferno". Le dije que era un colega mío de origen italiano. Le conté la historia, todo las situaciones desagradables que había tenido que vivir por causa de Raffaello...e incluso, si la memoria no me falla, me hizo mostrarle las críticas culinarias que hablaban de mi colega sólo para comprobar que no estaba hablando de esa manera con fruto del odio o el resentimiento. Que todo lo que le estaba diciendo es verdad.

Fue ahí, en ese momento, cuando me hizo prometer que, pasara lo que pasara entre Braulio y yo, JAMAS dejaría que su sobrino-nieto se convirtiera en un segundo  Raffaello Christophano Montigliano, ni mucho menos en una mala copia de semejante "chef-rata esperpéntica", palabras de la señora Marcela.

No tuve ninguna duda y lo hice. Se lo prometí porque confiaba en el que entonces era mi pareja y había tenido ocasión de ver que, en cada paso que dan, la familia suele hacer todo lo que hacen con cierto gusto. Gusto que mi colega nunca tuvo.

A cambio ella prometió enviar a Braulio a la misma escuela de cocina a la que fui yo. Y lo cumplió. Hoy por hoy ya no somos pareja pero, afortunadamente, seguimos siendo amigos y colegas. Y estoy muy feliz de saber que logró encontrar una buena mujer que lo hace feliz desde el día que se casaron.

## Llegan Los Piccarinni

Recuerdo tambien que, cuando aún estabamos juntos, alguien, un hombre de negocios conocido por ser algo turbio en sus propuestasy "aventuras" empresariales, quiso hacer negocios poco claros con un pariente de Braulio.

El Piccarinni en cuestión descubrió que estaban intentando estafarle y juró destruir a ese supuesto "hombre de negocios". Y lo hizo, así como la señora Marcela envió a Braulio a la misma escuela de cocina en la que yo me formé.

Basícamente el Piccarinni afectado, tuvo una especie de última reunion con el tipo en cuestión...y no se ha vuelto a saber nada más de aquel supuesto hombre de negocios desde ese día. Creo que la policia aún sigue buscandolo. Es por eso que se que los Piccarinni siempre cumplen tanto sus promesas como sus amenazas.

Pese a que la polcía dijo que nadie podía entrar o salir del hotel menos del comedor donde se estaba realizando la cena, un gran grupo de gente entre los que se encontraban Braulio y su esposa EvaLin junto con un gran numero de personal de seguridad y alguien que parece ser el médico de la familia Piccarinni.

Nadie que no esté aquí en este momento puede imaginarse el  "totum revolutum" que se está formando ahora mismo en el comedor grande del Hotel Brothers Fratello. En verdad. Es impresionante...y aterrador.

El médico de la familia se fue directo al lugar en el que estaba la señora Marcella para hacer lo que sea que hagan los médicos para comenzar a evaluar a sus pacientes en un primer momento de una forma muy superficial.

La cara del médico empezó a ponerse palida como si estuviera hecho de nieve. Varios miembros de la familia vieron el gesto que estaba poniendo el doctor conforme iba avanzando tanto el tiempo como el progreso de su trabajo y creo que fue ahí donde empecé a temer lo peor.

-Envenenamiento. - Dijo el médico de los Piccarinni a los pocos minutos

Al escuchar esto todos los miembros de la familia reaccionaron de una forma bastante brusca, agresiva...diría que hasta violenta. Todos se pusieron a hacer preguntas. Para ser más precisos comenzaron a hacer las mismas preguntas que llevo haciendome yo misma desde que falleció Raffaello Montigliano.

## Los Rivales

Al ver los estados de animo de los distintos miembros de la familia, y de algunos miembros de seguridad que llevan trabajando para "La Famiglia" desde que algunos de los Piccarinni de más edad eran apenas unos chiquillos que apenas estaban acostumbrandose a no llevar pañal, fue la esposa de Braulio quien tomó la palabra e hizo una pregunta que estaba, o debía de estar posiblemente, en las mentes de todos y cada uno de los Piccarinni presentes.

- ¿Hay cura para esto? - preguntó Evalin

Esta sola y sencilla pregunta bastó para lograr lo que la policia de la ciudad llevaba varias horas tratando de lograr sin éxito: que se formara el silencio.

-En realidad no, pero siempre hay algo que se puede hacer, si estamos a tiempo. - dijo de forma serena pero tajante el doctor de los Piccarinni – Lo que podia hacer ya lo he hecho. Sólo falta esperar a que la señora Piccarinni reaccione y llamar a las autoridades competentes.

- Desde hace unas horas todos los asistentes a esta fiesta han estado quejandose de un ardor muy fuerte en el pecho, grandes dolores físicos, sensación de ahogo...en general todos ellos han coincidido en una cosa. - dijo el médico del hotel.

- ¿En qué sería eso en lo que han coincidido? - preguntó con cierta seria y brusca crueldad el médico de los Picarrinni

- Todos han admitido sentir que les falta la respiración.

-Mi querido colega, parece haber olvidado que eso encaja con el ardor en el pecho del que se quejaban todos los asistentes a esta fiesta, así como tambien ha olvidado mencionar el enrojecimiento y los dolores de cabeza – añadió con cierto desprecio hacia el médico del hotel -  ¿o se trata de algo que ha pasado por alto, así como ha pasado por alto otros detalles a lo largo de su carrera como médico? – replicó de forma brusca el médico de los Piccarinni.- Del mismo modo todos esos sintomas encajan con los que se dan en un envenenamiento por cianuro.

- ¿Cianuro? - preguntó Braulio completamente perplejo

- Si, así es. Cianuro. Para los que no saben o no recuerdan – dice mirando directamente al médico del hotel con cierto rencor- El cianuro es un veneno raro, pero potencialmente mortal. Funciona al hacer que el cuerpo no pueda usar oxígeno para mantener la vida.

Los compuestos de cianuro que pueden ser venenosos incluyen el gas de cianuro de hidrógeno y los sólidos cristalinos, el cianuro de potasio y el cianuro de sodio. Ahora bien, puesto que no huelo nada extraño el único medio por los que todas estas personas pueden haber sido envenenados es si, en los platos ingeridos uno de los ingredientes eran plantas (como los huesos de albaricoque y un tipo de papa llamada yuca).

-Eso puedo decirselo yo misma, en este mismo momento – dije yo – Pueden estar seguros de que, en ninguno de los platos servidos había huesos de albaricoque, ni yuca. El primer plato era una sopa minestrone y el segundo era pato en salsa verde.

-De acuerdo, – dice Braulio -  te doy la razón cuando afirmas ninguno de esos platos llevaba huesos de

albaricoque o yuca. Estoy de acuerdo contigo en eso,
pero...¿Que me dices del postre?

-Creo que estaba sin termimar y que, finalmente, no se
sirvió, pero el postre era un pastel de tres chocolates de
3 capas. En la primera capa, la de abajo, había una
crema de limón con virutas de chocolate blanco, en la
segunda, la central, una combinacion de menta y
chocolate con leche y en la tercera y última capa iba a
poner fresas con chocolate negro.

-Una combinación algo extraña, pero funciona¿cierto? -
preguntó Braulio con interes

- Por supuesto.- contesto algo presuntuosa - Entre los
huespedes del Brothers Fratello es una de las que más
piden cuando van a comer al restaurante del hotel.

-Por supuesto – dijo Braulio con una sonrisa en los labios
– era un ideal estúpido pensar que alguno de tus platos
no podría triunfar entre un monton de comensales a cual
mas exigente hasta niveles de locura obsesiva.

-Cierto. Oye. ¿Te puedo hacer una pregunta? - pregunté
con cierta curiosidad

-Claro – contestó amable de forma tan amable como
siempre

-Me gustaría saber, si no es muy indiscreto, si existe
alguna razón por la cual el médico de tu familia parece
tener algo en contra del doctor Simons, el médico del
hotel – intenté indagar

-¿Quien?¿El doctor Tomassinni? No estoy seguro pero según escuché de mis padres, que siempre han sido amigos del doctor Enrico Tomassinni, hubo un pequeño rifirafe entre el doctor Enrico y tu doctor Simons, algo referente a una chica...al parecer uno de ellos estaba teniendo un romance con la joven...las cosas no salieron bien, tambien he oido algo acerca de una infidelidad, creo que de tu doctor Simons,...tambien hay algo acerca de una traición de tu doctor Simons hacia el doctor Tomasinni..para cortar la historia...ahora tu doctor tiene problemas para encontrar trabajo en cualquier clinica u hospital y, en cuanto la joven, ella es la esposa de Enrico Tomassinni.

-Entiendo. El doctor Simons le fue infiel a su novia de la universidad, quien ahora es la esposa de Tomassinni, luego traicionó de alguna manera a tu doctor Tomassinni y, gracias a sus acciones pasadas, el doctor Simons trabaja en el Brothers Fratello porque no le queda otra opción, no porque sea el mejor médico de la ciudad.

-Ese, - dijo Braulio – es un muy buen resumen de la historia

-Menuda decepcion se van a levar los actuales dueños del hotel cuand sepan que, en su servicio médico, no se encuentra el mejor profesional – pensé para mé en voz alta

-¿Porqué lo dices? - preguntó Braulio con cierta curiosidad

-Lo digo porque, hasta ahora, los dueños del Brothers Fratello, se han estado pavoneando y luciendo a gala el que sólo tienen a los mejores trabajando para su hotel. "Los mejores profesionales para el mejor hotel", suelen decir con frecuencia.

-Y, al menos en tu caso, así es. - dijo la esposa de Braulio – Que el médico les haya salido rana es otro asunto muy aparte.

# La Revelación

Cuando estabamos conversando un policia nos dijo que el agente Thomson y el agente Rodriguez nos esperan para  hacernos a todos los presentes algunas preguntas.

-Muy bien, - dijo el agente Rodriguez, firme y sereno por primera vez desde que lo conozco – El señor Ricardo Fratello, hijo del señor Giacomo Eliseo Tercero, nos ha enviado un listado con los nombres de los invitados a la fiesta. ¿Es cierto que no todos los invitados han llegado?

-Si, así es.- dijo Barbara

-¿De quien se trata? - pregunta el agente Thomson

- Fue un descuelge de ultima hora, y la persona en cuestión envió sus disculpas por no poder venir a la fiesta.- contestó Francino

-¿De quien se trata? - volvió a preguntar el agente Thomson, esta vez de forma impaciente

- La marquesa viuda de Cisneros y Villegas, una dama de alta sociedad que alegó problemas de salud y multiples compromisos previos para disculpar su no-asistencia– dijo Barbara con gesto serio al ver la forma en que el agente se dirigió a su compañero de trabajo y pareja romántica.

- ¿Y cual sería el nombre de esa tal marquesa viuda de Cisneros y Villegas que tan ocupada estaba para no acudir a una fiesta que, al parecer, celebraba el aniversario del hotel más famoso de Nueva York? - pregunta el agente Rodriguez

- Milagros – dijo Clarise con voz firme mientras revisaba unas hojas en las que figuraba todo lo relacionado a la fiesta, tanto nombres de invitados como otros detalles

Al escuchar el nombre de la marquesa viuda de Cisneros y Villegas ambos agentes se dirigieron entre ellos una mirada de aparente comprensión que no pasó inadvertida para nadie, menos para mí...o eso creía hasta que una voz muy fuerte irrumpió en el salón del comedor del Hotel Brothers Fratello rompiendo el silencio de una más que majestuosa, imperiosa, ¿si sabeis lo que digo?.

- ¿Que carajos está pasando aquí? - preguntó, mejor dicho bramó Braulio Padre, hijo de Marcela Picarinni y padre de Braulio, mi ex y ahora casi mejor amigo, leyendo mis pensamientos.

- Ocurre que la señora Milagros es una conocida para nuestro departamento, y por causas bien tristes, debo decir. - contestó el agente Rodriguez que parece que, en este momento era el más comprensivo de los dos agentes que estaban investigando el caso de multiple envenenamiento durante esta fiesta del doscientos aniversario.

- ¿De qué está usted hablando, agente? - preguntaron a coro Braulio y su esposa Evalin

- Hablo - comenzó a explicar el agente Rodriguez – de que de un modo u otro la marquesa viuda de Cisneros y Villegas ha pasado por una serie de eventos tristes, pérdidas casi siempre, personales o de cualquier otro tipo, y en esa serie de eventos tristes los invitados fallecidos durante el transcurso de esta noche, han sido de una forma u otra involucrados o han sido responsables en mayor o menor medida.

- ¿Cómo? - cuestioné de una forma insegura.

- ¿Me podrían dar la lista de invitados si no es molestia? - pidio el agente Thomson a Clarisse.

-Aquí esta. - contestó mi amiga mientras le entregaba la lista de invitados al agente.

Los agentes leen con cara entre costernada y triste, mientras el agente Rodriguez no puede evitar poner cierto gesto de comprensíon que no pasó desapercibido para nadie.

-El empresario teatral Ignasi V., - comienza a leer el agente Thomson - los condes Noelle y Laureen  de Exeter, la princesa franco-húngara Erzebet de Valois, la

diseñadora de moda Lucille Picadilly, la marquesa viuda
de Cisneros y Villegas, el empresario  Rashid Petrof
junto con su esposa la ex-modelo polaca Ivanka, el
triatleta Ruben Luperiano y su prometida la actriz
portorriqueña Shuhaimina Lopez y Marcela Piccarinni,el
chef Raffaello Christophano Montigliano, la periodista y
critica literaria portuguesa Isabellina Contrixao da Sousa
y su hermano el vidente Sandro,

## La Historia De La Marquesa

- ¿Alguno de ustedes nos va a contar a los demas como
es eso de que esa señora, la marquesa viuda de
Cisneros, ha pasado por una serie de eventos tristes en
los que todos los invitados fallecidos  han estado
involucrados o han sido responsables?

- El asunto es el siguiente – comenzó a explicar con
pena en la voz el agente Rodriguez -

El empresario teatral Ignasi V., dejó en la bancarrota
total a Raul, un hermano de la marquesa, la situación lo
llevó a tal extremo que el hombre se suicidó. Los condes
Noelle y Laureen  de Exeter, emplearon sus influencias
para, al parecer, arrebatarles a los padres de la
marquesa unos terrenos que llevaban en la familia
muchas generaciones. - El agente hace una pausa para
respirar y suspirar - La princesa franco-húngara Erzebet

de Valois, ayudó a los condes de Exeter en el asunto de los terrenos. La diseñadora de moda Lucille Picadilly robó unos diseños de Beatriz, la hermana gemela de la marquesa, quien en ese ewntonces estaba comenzando a hacerse un nombre en el mundo del diseño de moda, y el empresario  Rashid Petrof junto con su esposa Ivanka colaboraron para lograr que la joven perdiera toda credibilidad. Basicamente hundieron a la hermana de la marquesa en un juicio en el que una joven Beatriz perdió todo.

El agente hizo una pausa que usó su compañero para proseguir con la historia

- El triatleta Ruben Luperiano y su prometida Shuhaimina Lopez no se sabe muy bien cómo pero fueron los responsables de la muerte de un hijo de la ahora marquesa, pero de un modo u otro lograron salir impunes. La marquesa fue a cenar una noche a un restaurante del chef Raffaello Christophano Montigliano, y la persona con la que iba acabó intoxicada, más envenenada, con algfo que había en uno de los platos que esa persona pidió.

-Dejeme adivinar, - dijo el padre de Braulio – hubo un juicio y el chef salió sin ningún castigo

-Exacto – contestó el agente Rodriguez – siguiendo con la historia, cuando la marquesa era joven intentó salir adelante y ayudar a su familia haciendose escritora. Como periodista y critica literaria, Isabellina Contrixao da Sousa hizo, sin leer la novela de la joven escritora, una crítica que hundió no solo a la joven como escritora sino tambien a la editorial en la que se publicó ese libro, con el apoyo de su hermano  Sandro,

- ¿Y mi abuela? -preguntó Braulio - ¿que hizo ella?

- La señora Marcela Piccarinni,- contestó el agente Thomson – no hizo nada ni a favor ni en contra de la señora marquesa viuda de Cisneros Y Villegas.

-Por supuesto que no, - dijo, más bien bramó Braulio, a quien su esposa EvaLin está tratando de controlar para que no vaya a buscar a la marquesa y ajuste cuentas con ella – porquer mi abuela Marcela no conoce, no conocía a esa señora maquesa. - Esto último lo dice con cierto sarcasmo.

-Eso es más que evidente y claro. - replica el padre de Braulio con toda la seguridad del mundo – Tu abuela ha pasado toda su vida en Italia y recien llegó a Nueva York hará un par de meses poco más o menos.

## La Señora Piccarinni

-Eso es lo que sabemos al respecto, esté seguro – dijo el agente Rodriguez con voz comprensiva y amable. - En el momento de los hechos, la señora Marcela Piccarinni desconocía la existencia de algunos de los invitados ahora fallecidos. Eso es cierto. La señora Marcela no tenía contacto con el empresario teatral Ignasi V.,el triatleta Ruben Luperiano y su prometida Shuhaimina

Lopez, la periodista y critica literaria, Isabellina Contrixao da Sousa y su hermano  Sandro, pero ¿y que hay de los demás? - preguntó el agente.

-A  los condes Noelle y Laureen  de Exeter, la princesa franco-húngara Erzebet de Valois, y la diseñadora de moda Lucille Picadilly los conoció a traves de recepciones y fiestas diplomáticas – dijo el padre de Braulio -  al empresario  Rashid Petrof y a su esposa Ivanka...digamos que ambos acudieron a mi madre para buscar una ayuda finaciera que ella les negó. - prosiguió el padre de Braulio – Asuntos relacionados con la poca claridad de las pretensiones del empresario ruso.

-¿Y que hay del chef Raffaello Montigliano? - preguntó el agente Thomson

-Eso lo puedo contestar yo. - dije con toda la tranquilidad – Cuando la señora Marcela descubrió que su nieto Braulio deseaba ser chef  la señora llegó a pensar que estaba transformando a su nieto en una especie de...no sé en que pero intenté explicarle que su sobrino no dejaría de ser menos hombre, ni traicionaría a la familia por utilizar el talento que Dios le dió para seguir su sueño de ser chef y abrir su propio restaurante. - intenté explicar con toda la sinceridad posible – Para hacer corta la historia sólo se calmó cuando le hablé de "L´Inferno". Le dije que era un colega mío de origen italiano. Le conté la historia, todo las situaciones desagradables que había tenido que vivir por causa de Raffaello...e incluso, si la memoria no me falla, me hizo mostrarle las críticas culinarias que hablaban de mi colega sólo para comprobar que no estaba hablando de esa manera con fruto del odio o el resentimiento. Que todo lo que le estaba diciendo es verdad.

-Propio de mi abuela Marcela – dijo Braulio

-Sólo cuidaba de tí – dijo EvaLin mirando a su marido, algo en lo que yo estuve de acuerdo.

- Cierto, - dije- y fue en ese momento, cuando me hizo prometer que, pasara lo que pasara entre Braulio y yo, JAMAS dejaría que su nieto se convirtiera en un segundo Raffaello Christophano Montigliano, ni mucho menos en una mala copia de semejante "chef-rata esperpéntica", palabras de la señora Marcela.

## <u>Fin Del Caso</u>

Minetras estabamos hablando comenzó a raccionar la señora Marcela, lo cual fue un milagro para todos, empezando por su propia familia.

-Porque lo era, - dijo la señora Marcela – y gracias al cielo mi nieto Braulio no se ha convertido en un segundo...¿cómo lo llamaste cuando me hablaste de él? - preguntó mirando hacia mí.Gracias, doctor, - dijo mirando hacia el médico de la familia Piccarinni

-Gracias a sus familiares. Cuando me llamaron me contaron todo lo que necesitaba saber para saber que era lo que necesitaba traer. Entendí enseguida que era más que necesario, urgente traer una dosis de edetato de Dicobalt. Pero debo advertirle, señora, que debemos ir al hospital cuanto antes y que puede haber efectos secundarios bastante graves como pueden ser convulsiones, presión arterial baja y latidos cardíacos anormales.

-Entiendo, mientras los policias aquí presentes dan permiso para que me lleven al hospital...¿Porqué no les cuentas lo que me contaste aquella vez, niña? - dijo la señora Piccarinni mirando hacia mí a lo que hice un gesto afirmativo y procedé a hablar.

-Lo llamaban "L´Inferno", en parte por su forma de concebir la cocina, sobre todo la mexicana, y en parte por todo lo que le conté ¿recuerda, doña Marcela? - le contesté a la señora Marcela.

-Si recuerdo lo que me dijiste acerca de ese señor – dijo, usando todo el sarcasmo posible en esa última palabra.

-¿Por su forma de concebir la cocina? - preguntaron el padre de Braulio y el agente Thomson.

-Si, - contesté de vuelta – no sé si han leido los periodicos ultimamente pero el caso es el siguiente: Raffaello era un chef bastante polémico e incluso excentrico, pero eso no es lo importante ni la razón por la cual lo apodaban de esa manera. La razón es que todos lo críticos culinarios, sus mismos trabajadores, e incluso la mayoria de los clientes que van a sus restaurantes afirman lo mismo:  Raffaello Christophano Montigliano es, bueno...era, una de esas personas para las que trabajar es un infierno. En sus restaurantes, tanto en comedor como en cocinas, para sus empleados, para sus clientes...Trabajar para él, ir a uno de sus restaurantes, a cualquiera de ellos, todo se resume en una palabra "infierno"

- ¿Cómo...? - preguntaron muchos de los presentes

- Muchos de los invitados, ahora difuntos, sabían por experiencia propia, que ir a uno de los restaurantes de mi colega "L´Inferno" era arriesgarse de una forma gratuita a acabar la velada en el hospital más cercano ingresados por un caso más o menos grave de intoxicación alimentaria. Los críticos culinarios suelen, o solían, hablar de él como un chef que trataba mal a sus empleados, a sus clientes…

-Y no te olvides tambien de la forma tan horrible con la que solía usar los productos que llegaban a sus cocinas. - me recordó Braulio

-¿De qué estás hablando, hijo? - pregunto el padre de Braulio

- Hablo de que, en la cocina, hay que usar todos los ingredientes que tienes con respeto, organización, cierta delicadeza, y por supuesto, higiene. - contestó Braulio – Eso me lo enseñó primero Lucrecia aquí presente – dijo señalando hacia mí – y luego en la escuela de cocina a la que asistí, por insistencia de la abuela.

-Por supuesto que fuiste a esa escuela de cocina – dijo la señora Marcela – de ninguna manera iba a consentir que desperdiciaras tu vida malgastando el don que Dios te dió. Don que tu amiga Lucrecia me ayudó a ver, y en muy buena hora, por cierto

-¿En serio hiciste eso por mí? - me preguntó Braulio

-Pues, la verdad, es que no hice nada que tú no hubieras hecho por mí. - contesté con cierta timidez.- Sabes que te aprecio y que, como tu abuela acaba de señalar, tienes un don para la cocina. Don que, obviamente, no tenía nuestro colega Raffaello, ahora difunto. Eso es lo que inyentamos explicar – dije mirando al padre de Braulio – Raffaello carecía de ese respeto, esa organización, esa delicadez y esa higiene de la que hace un momento hablaba Braulio, y eso es lo que recalcaban y dejaban en evidencia todos los crñiticos culinarios que visitaban los restaurantes de "L´Inferno"

-Cierto. - dijo Braulio – A eso sumale las faltas de respeto que el tipo tenía hacia sus comensales y hacia sus trabajadores

- Dejemonos de tanta bobería. - dijo el agente Thomson rompiendo el encanto del momento – Debemos hacer una detención y la señora Piccarinni debe ir al hospital.

Dicho y hecho. Mientras la señora Marcela Piccarinni era trasladada de urgencia al hospital, los agentes se dirigieron a la casa de la marquesa viuda de Cisneros y Villegas. A la mañana siguiente los periodicos de Nueva York se despertaron con la noticia de la confesión y posterior detencion de la eminente señora marquesa viuda de Cisneros y Villegas.